CÉDRIC

J'aime pas les vacances

RETROUVEZ  DANS LA BIBLIOTHÈQUE ROSE

Moi, j'aime l'école

Mon papa est astronaute

La fête de l'école

Roulez, jeunesse !

La photo

J'aime pas les vacances

CÉDRIC

CAUVIN - Laudec

J'aime pas les vacances

Adaptation : Claude Carré

HACHETTE

1

J'aime pas les vacances

Ne me parlez pas de vacances. Jamais. J'aime pas les vacances. C'est bien simple, je ne hais rien autant que les vacances. À part Nicolas, mais c'est une autre histoire. Les vacances, c'est un moment de séparation très pénible, pour Chen et moi. Alors quand arrive la fin du mois de juin, je me sens tout retourné. Chen aussi, sauf qu'elle le montre moins.

Cette fois encore, à la veille des vacances, j'ai craqué. Je me suis installé dehors, dans l'herbe, en face de Chen qui jouait, et j'ai passé ma journée à la regarder. Dans ces moments-là, j'ai l'impression qu'il n'y a plus que nous deux, seuls au monde. C'est pourquoi, quand Christian s'est mis à parler, ça m'a fait bizarre. J'avais complètement oublié qu'il était là aussi.

« Vu que tu pars en vacances demain, m'a-t-il soufflé, tu pourrais peut-être aller lui dire au-revoir… »

Je me suis tourné vers lui avec effort, l'œil sombre.

« C'est bien mon idée, figure-toi ; j'attends juste d'être seul avec elle.

— Ben justement... »

Il faisait sa tête qui voulait dire bien des choses. J'ai cherché à savoir :

« Quoi, justement ?

— Une fille seule, ça le reste jamais longtemps... »

Là, il exagérait. Je lui ai bien fait comprendre :

« Ben enfin ! Je ne m'en vais que dix jours ! »

Christian avait décidé d'être désagréable ; il a insisté :

« C'est long, dix jours ! Tu connais Nicolas, il va certainement essayer d'en profiter… Et puis il y a le grand Stéphane ; il aime bien Chen, le grand Stéphane… »

Rien qu'à l'idée d'imaginer ces trois idiots courtisant ma merveilleuse petite Chinoise, j'ai senti mes mâchoires se crisper. Christian m'a regardé du coin de l'œil, et il a encore

appuyé là où ça faisait très mal :

« Sans parler de Jean-Sébastien. Depuis le temps qu'il rêve d'emmener Chen au cinéma, celui-là ! Je ne veux pas te porter la poisse, mais bon, quand tu reviendras, il y a des chances pour que ta place soit prise ! »

J'ai serré si fort les dents qu'aucun son ne pouvait plus sortir de ma

bouche. Christian m'a achevé. Il a fait,
d'un air détaché :

« Enfin, si tu te sens seul, il y aura
toujours ma cousine... »

C'en était trop. Je me suis levé d'un
bond. Toute ma rage est sortie du fond
de ma gorge, sous la forme d'un beu-
glement incontrôlable :

« TU SAIS CE QUE JE LUI DIS, À
TA COUSINE ? HEIN, TU SAIS CE
QUE JE LUI DIS !!! »

D'un pas furieux, je me suis éloigné avant de le dire, et heureusement, parce que ce n'était pas joli-joli. Christian n'a pas tardé à me rattraper. C'est plus fort que lui, il a horreur de rester seul.

« Hé Cédric, attends, te fâche pas ! J'ai une solution, un truc épatant qui va te faire revenir plus tôt de tes vacances ! Un jour, deux maximum, et tes parents bouclent les valises pour rentrer à la maison ! »

Tout en continuant à marcher, j'ai tourné une oreille vers lui.

« Ah oui ? Et c'est quoi, ton " truc " ?

— S'ils ont choisi la Côte d'Azur, tes parents, c'est pour se faire bronzer, non ? Alors voilà ce que tu vas faire… »

Et il m'a expliqué son idée, à voix basse. Souvent, il me fatigue un peu, Christian. C'est vrai que j'ai de temps en temps envie de lui coller un gros scotch sur la bouche ou de lui taper dessus avec mon skate-board. Mais il a quelque chose qu'on ne peut pas lui reprocher ; il a toujours de super-idées pour aider ses copains.

Son truc était assez malin, suffisamment, en tout cas, pour me donner envie d'essayer. Quand je suis rentré à la maison, papa et maman s'étaient absentés pour faire leurs dernières courses. Quant à pépé, il ronflait dans son fauteuil. Je me suis faufilé dans les escaliers et j'ai ouvert doucement la porte de la chambre de mes parents. Leurs valises étaient ouvertes sur le lit ; faire ce que Christian m'avait conseillé ne m'a pris que quelques minutes.

J'avais à peine fini que j'ai entendu la voiture qui rentrait au garage. Je suis ressorti de leur chambre sur la pointe des pieds, et je me suis arrêté quelques instants en haut des escaliers. Papa et maman avaient passé la porte d'entrée et discutaient dans le couloir. Maman semblait ennuyée :

« N'empêche, Robert, je suis inquiète.

— Il n'y a pas de quoi, chérie, a répliqué papa ; ton père n'est pas si diminué que ça ! Et puis dix jours, ce n'est pas long !…

— Et la cuisine ? Qui lui fera la cuisine ?

— Je me suis arrangé avec la voisine, elle viendra lui faire à manger tous les jours. »

La voix de papa était rassurante, mais maman n'était pas tranquillisée. Elle imaginait toujours le pire :

« Et s'il lui arrivait quelque chose à son âge ? »

Patiemment, papa a continué :

« La voisine passera tous les soirs. S'il devait lui arriver quelque chose, comme tu dis, nous serions prévenus aussitôt. »

À ce moment-là, une voix forte et grinçante a retenti : pépé venait de se réveiller et avait tout de suite deviné qu'on parlait de lui.

« Te fatigue pas, Marie-Rose ! Laissez-moi seul et partez en vacances tranquilles ! J'ai bien compris que pour certains, je suis un boulet ! »

Papa et maman ont échangé un regard qui en disait long et sont entrés

dans le salon. Pour ne rien perdre de la conversation, j'ai discrètement descendu les escaliers, sur la pointe des pieds. Papa a repris au vol la remarque de pépé :

« Oh vous ! Pas la peine d'en rajouter ! »

Mais pépé, justement, est du genre à ne jamais baisser les bras ; il en a repassé une couche, sur un ton amer :

« Ce serait bien votre genre ! Abandonner chiens, chats et grands-parents au bord de la route des vacances ! »

La moutarde est vite montée au nez de papa :

« Ne me tentez pas, beau-père… L'idée n'est pas si mauvaise !!!

— Ça suffit, vous deux ! » est intervenue maman d'un ton sec.

Pour moi, c'était le moment ou jamais d'intervenir. Je me suis précipité dans le salon en tombant à genoux sur la moquette, l'air désespéré et secoué de gros sanglots.

« NAAAN !!! JE NE VEUX PAS ALLER EN VACANCES !! JE VEUX RESTER AVEC PÉPÉ !!! »

J'avais sacrément réussi mon effet. Il y a eu un silence d'un kilomètre, au moins. Ils se sont tous les trois penchés sur moi avec étonnement. Maman a fini par dire :

« Quoi ? Mais hier encore, tu disais …

— Oui, eh ben j'ai changé d'avis ! Je veux rester avec pépé ! Je ne veux pas le laisser tout seul. »

Maman ne savait pas trop si elle devait me prendre au sérieux. Me connaissant, elle avait des doutes :

« Cédric, tu n'es pas sérieux? »

C'est papa qui a mis tout le monde d'accord ; il est venu vers moi et m'a ébouriffé les cheveux. Il souriait.

« Un instant, chérie… Si Cédric n'a pas envie de venir avec nous aux Sables - les-Pins, c'est son droit, après tout ! Comme ça, ton père se sentira moins seul ; ils s'entendent si bien tous les deux ! Et surtout… »

Maman a froncé les sourcils, en répétant :

« Et surtout ? »

Papa a pris sa femme dans ses bras, en la serrant très fort et en plongeant ses yeux dans les siens.

« Il y a si longtemps que nous n'avons pas fait un voyage en amoureux... Rien que toi et moi... »

Ils étaient beaux. On s'est sentis tout émus, pépé et moi. Maman venait de

céder. Quelques minutes plus tard, l'organisation des vacances était chamboulée : papa et maman partiraient seuls tandis que pépé et moi resterions à la maison.

Enfin, le soir... ! Pendant la journée, bien sûr, j'allais rester avec Chen. Ma comédie avait fonctionné, j'avais gagné ! C'est toujours comme ça : rien ne peut nous séparer, Chen et moi.

Tout en remontant dans ma chambre pour savourer ma victoire, je me suis adressé à mes ennemis en levant le poing :

« Ah-ah ! ! ! Toi, Jean-Sébastien, toi le grand Stéphane, et toi, traître de Nicolas, vous croyiez que j'allais partir, hein ? Et vous laisser la place pour vous occuper de Chen ? Eh bien, c'est raté, les gars ! »

Dans l'après-midi, on s'est retrouvés

sur le trottoir, pépé et moi, pour embrasser papa et maman avant qu'ils s'en aillent. Une fois les dernières valises déposées dans le coffre, papa a fait rugir le moteur de la voiture. Par sa vitre ouverte, maman nous a dit une dernière fois :

« Attention à vous !

— Mais oui, mais oui, c'est promis…, a fait pépé en hochant la tête.

— Au revoir ! Au revoir ! »

Et la voiture s'est éloignée dans la rue.

On a continué à agiter la main un moment et puis pépé a doucement laissé retomber son bras. Il a baissé la tête vers moi et m'a dit, d'un air ému :

« Alors là, gamin, sincèrement, ton geste me va droit au cœur ! Se priver de vacances pour tenir compagnie à son pépé, je ne croyais pas que ça existait ! Il y a beaucoup de vieux croulants comme moi qui paieraient cher pour avoir un petit-fils comme toi ! »

C'est le moment qu'a choisi Christian pour arriver en courant, l'air

paniqué comme jamais : il était tout essoufflé ; son visage était rouge et il semblait bouleversé. Au début, il n'a réussi qu'à répéter mon prénom, plusieurs fois :

« CÉDRIC !!! CÉDRIC !!! »

Et puis, le temps de reprendre un peu son souffle, il a crié :

« CHEN !!! »

Il m'inquiétait ; j'ai froncé les sourcils. « Quoi, Chen ? »

Il lui était arrivé quelque chose, certainement, sinon, Christian ne se serait pas mis dans un état pareil ! Il a enfin réussi à articuler :

« Elle… Elle est… Elle est partie en vacances ! »

Là, j'ai eu l'impression que quelque chose me tombait sur le crâne, comme un grand morceau de ciel, mais en beaucoup plus dur. J'ai été à moitié assommé. Tout ce que j'ai réussi à dire, c'est :

« Mais… elle ne m'en a pas parlé ! »

Très justement, Christian m'a fait remarquer :

« Tu ne lui as rien demandé, non plus… »

L'esprit tout mélangé, je me suis retrouvé un moment sans réaction. Et puis mes yeux ont attrapé au vol l'image de la voiture de mes parents, qui était encore arrêtée au feu, au bout de la rue. Alors, sans réfléchir, je me suis élancé vers elle, en courant comme un malade sur le trottoir et en hurlant :

« PAPAAAAAA !!! MAMAAAAAN !!! ATTENDEZ-MOI !!! J'AI CHANGÉ D'AVIS ! JE PARS EN VACANCES AVEC VOOOOUS !!! »

Mais la voiture s'est éloignée. Ils ne m'avaient pas vu. Je me suis arrêté net ; j'étais d'un seul coup très démoralisé. J'avais la tête basse, presque au ras du trottoir, lorsque je suis revenu vers la maison.

Christian a senti que l'air allait devenir électrique ; il a regardé pépé, m'a regardé et a fait :

« Bon, ben moi, j'y vais… »

Et il a tourné les talons, me laissant
en tête à tête avec mon grand-père.
J'étais très embêté, plus que très
embêté, même. Pépé s'est contenté de
faire : « Hum… » et il est rentré dans la
maison. Après un instant, je l'ai suivi,
en tentant de rattraper le coup.

« Heu… pépé… »

Mais il ne m'a pas laissé continuer.

« Te fatigue pas, gamin, j'ai compris. Ce n'est pas pour moi que tu es resté, c'est pour ta petite Vietnamienne… »

Il s'est laissé tomber dans son fauteuil, a pris un journal et l'a ouvert en grand devant lui, une manière de dire que toute discussion était inutile. Alors j'ai haussé les épaules et j'ai quand même fait remarquer, d'une petite voix :

« Elle n'est pas vietnamienne, elle est chinoise. »

Un peu plus tard dans la soirée, la voisine est venue sonner, surprise de me trouver là ; je lui ai dit que tout allait bien, et qu'elle n'avait plus besoin de revenir, puisque j'allais m'occuper de tout. Pépé, qui ne m'avait plus adressé la parole depuis deux heures, a été un peu surpris, lui aussi :

« Dis-moi, gamin, tu as l'air bien sûr de toi. »

Tout heureux de l'entendre à nouveau, je me suis précipité vers son fauteuil. J'ai dit, d'une traite :

« Tu sais, pépé, je me rends compte que ce n'est pas bien, ce que j'ai fait. Et je… je voudrais vraiment me faire pardonner. C'est pour ça que j'ai décidé de m'occuper de tout, de tout faire dans la maison pendant que les parents ne sont pas là. Je veux te montrer qu'au fond, ça me fait vraiment plaisir d'être seul avec toi… »

Pépé a eu l'air embêté à son tour ; il

a marmonné deux ou trois choses sans cesser de regarder les pages de son journal. Sa moustachc s'est dandinée dans tous les sens, et puis il a dit:

« Qu'est-ce qu'on mange ? »

Il m'avait déjà à moitié pardonné.

Voilà comment les vacances ont commencé : tout le monde était parti, papa, maman, la plupart de mes copains et Chen. Ah, Chen… J'aurais dû être complètement déprimé et pourtant, ces quelques jours passés avec pépé ont été de super-moments. Au ciné, on avait la salle pour nous tout seuls ; je pouvais piocher dans mon sachet dc pop-corn et pépé pouvait ronfler au bout de dix minutes de film sans déranger personne !

Pépé m'accompagnait partout où je voulais aller, même à la base de loisirs au bord du lac. Qu'est-ce que j'ai pu faire comme plongeons ! Qu'est-ce que j'ai pu avaler comme crèmes glacées ! Mais ce qui était le plus génial, c'était le soir : plus personne n'était là pour nous envoyer au lit, même quand il était très tard !

Bien sûr, le ménage n'était pas fait tous les jours et il y avait un peu de laisser-aller dans la cuisine. Mais c'était un vrai bonheur de se faire à manger nous-mêmes, sans que personne soit là pour nous dire combien de pâtes il fallait mettre dans l'eau bouillante, ni combien de temps on devait les laisser cuire !

Mais le soir du troisième jour, patatras ! J'étais dans la cuisine, en train de chercher une dernière casserole propre, et je hurlais à tue-tête une chanson à la mode. Soudain, pépé est venu s'encadrer dans la porte ; il avait les yeux agrandis, la bouche ouverte ; il montrait quelque chose dans son dos avec le pouce retourné.

J'ai enlevé les écouteurs de mon walkman, et j'ai entendu une voiture s'arrêter dans l'allée du garage. Pépé m'a soufflé :

« Ils sont revenus ! »

Au même moment , j'ai reconnu la voix de maman qui disait :

« Coucou, c'est nous ! »

Pépé est allé les accueillir. Avec un sourire un peu forcé, il a lancé :

« Déjà ? Mais on ne vous attendait pas avant la fin de la semaine ! »

Pendant ce temps, j'essayais de ranger un peu la cuisine, mais elle était dans un tel bazar qu'il m'aurait fallu deux semaines de boulot ! J'ai préféré renoncer et je les ai rejoints.

« ... 'jour, m'man !

— Bonjour, Cédric…

— Tout va bien, au moins ? a demandé pépé à maman qui posait ses valises dans l'entrée.

— Moi, oui… Mais attends de voir Robert », a répondu maman. Au même instant, une drôle de silhouette toute courbée franchissait à son tour le seuil de la maison. C'était papa. Il était plié en deux, tout tremblant et rouge comme un homard. Il ne lui manquait que les pinces. Il faisait :

« Ouaille, ouiaïe-ouille ! ! !

— …'jour, p'pa ! ! !

— …Aïe… Bonj…aïe… our, Cédric… Ouille ! »

Pépé a tout de suite compris :

« Eh bien, grillé comme un hamburger, on dirait ! Alors, mon gendre, on fait des erreurs de jeunesse, on fait le malin ? On s'expose au soleil sans réfléchir ? »

Maman a préféré changer de conversation, pour éviter l'orage. Elle a demandé, après avoir jeté un œil au salon :

« La voisine n'est pas venue ?

— Euh si, dès le premier jour, a fait pépé ; mais Cédric l'a renvoyée ! Il a dit qu'il s'occuperait de tout.

— Tu as renvoyé la voisine, Cédric ?» s'est étonnée maman en allant sur-le-champ ouvrir la porte de la cuisine.

Forcément, elle a eu un coup au cœur en voyant le désastre :

« CÉDRIC !!! »

Papa, le pas hésitant et le teint flamboyant, est allé la rejoindre. Il a constaté, lui aussi, que l'intérieur de la cuisine, du sol au plafond, ressemblait à un champ de bataille. Il s'est tout de suite adressé à pépé :

« Mais enfin, beau-père ! Ouaïlle... Qu'est-ce qui s'est passé, ici ? »

On était un peu embêtés pour répondre. Bon, d'accord, on n'avait pas fait la vaisselle, mais c'était exprès.

On avait prévu de mettre de côté tout ce qui était sale et de s'en occuper juste avant qu'ils rentrent. Pour le rangement des ustensiles, c'était la même chose : à quoi bon ranger des choses qui risquent de resservir au repas suivant ? C'était de leur faute, aussi, ils n'avaient qu'à rentrer au moment prévu ! Revenir comme ça, sans prévenir, ce n'est pas un coup à faire à deux copains comme pépé et moi !

C'est ce que j'ai essayé d'expliquer, mais ça n'a pas été facile, parce que des tas de choses traînaient aussi dans le salon : des emballages de gâteaux, des papiers de glaces, des B.D., des assiettes sales. Et je ne parle même pas de ma chambre. Bref, ils n'ont pas été ravis-ravis, les parents. Ça, plus les coups de soleil, ça faisait beaucoup !

Le pire, c'est que j'avais complètement oublié pourquoi ils avaient dû rentrer en catastrophe ! C'était la fameuse idée de Christian, bien sûr.

Pour faire revenir les parents plus tôt
que prévu, j'avais remplacé la crème
solaire du tube par de la pâte dentifrice… Voilà ce que j'étais allé faire
dans leur chambre avant qu'ils s'en
aillent !

Apparemment, ça avait bien marché ;
il y avait eu une réaction chimique

entre le dentifrice et les rayons solaires. La peau de papa avait brûlé au deuxième degré, au moins ! Il ne savait plus où se mettre, il sautillait partout dans la maison en faisant : « Ouille-ouille-ouille... ». Il s'asseyait dans un fauteuil, puis se relevait, marchait un peu et se rasseyait aussitôt en gémissant. Ça devait être un enfer. J'avais de sacrés remords.

Maman a appelé le médecin ; il est

venu tout de suite. Il n'était pas très content. Pendant que papa lui montrait ses plaques rouges, il a dit :

« Mais enfin, il faut être fou pour aller s'exposer comme ça au soleil sans protection ! »

Maman a tout de suite rectifié :

« Mais je lui ai mis de la crème, docteur... Je n'ai pas arrêté, même ! C'est pour ça qu'on ne comprend pas ! J'avais acheté un tube tout neuf ! »

Et elle a ressorti de son sac à main le tube en question.

« Eh bien, ça ne devait pas être de la bonne qualité », a persiflé pépé.

Personne ne s'était rendu compte que la crème sentait le Superfluor mentholé anticaries. Et puis tandis qu'elle avait les mains dans son sac, maman a semblé se souvenir de quelque chose ; elle m'a regardé en souriant et m'a dit, en me tendant une carte postale :

« Tiens, au fait, Cédric, c'est pour toi !

— Pour moi ? »

Je me suis approché, j'ai pris la carte postale et je l'ai retournée ; il y avait quelques lignes écrites d'une jolie écriture appliquée, mais c'est la signature qui m'a sauté aux yeux. Mon cœur s'est mis à battre très fort. La carte était signée Chen. Elle avait écrit : *Bonjour, Cédric. Il fait très beau, ici. L'eau est bonne. Dommage que tu n'aies pas pu venir. Chen.* J'ai balbutié :

« Vous… Vous l'avez trouvée en rentrant, dans la boîte aux lettres ?

— Hein ? Ah… euh non, c'est Chen qui nous l'a donnée pour toi.

— Vous l'a quoi ? Donnée ? Mais où ?

— Oh, c'est vrai, on n'a pas eu le temps de te le dire, mais on l'a rencontrée sur la plage… »

J'ai bégayé :

« Aux Sa... sa... Sables-les-Pins ?

— Oui, toute sa famille était en vacances là-bas. Elle y est toujours d'ailleurs, jusqu'à la fin du mois. »

La pièce s'est mise à tourner autour de moi et le sol à trembler. Chen était en vacances au même endroit que mes parents, et moi j'avais tout fait pour ne pas y aller ! C'était trop d'injustice !

Sans réfléchir, je me suis jeté à genoux, aux pieds de papa, sous les yeux effarés du reste de la famille et du docteur.

« PAPAAAAA ! ! ! S'il te plaît, on y retourne, tout de suite, là, maintenant ! Je veux aller aux Sables-les-Pins, maintenant ! PAPAAAA ! ! !

— Mais... »

Tout en badigeonnant papa d'une crème hyper-grasse, le docteur est intervenu :

« Pas question ! Les vacances, pour vous, c'est terminé : il vous faut de l'eau, de l'ombre, du frais et surtout plus un seul rayon de soleil ! »

J'ai ouvert des yeux énormes et puis je ne me souviens plus de rien. Je crois que je me suis évanoui. Je me suis

réveillé un peu plus tard, dans ma chambre, à la nuit presque tombée. J'entendais les grands parler tout bas, pour ne pas me réveiller.

Là, vraiment, c'était un sacré coup. Bon, d'accord, j'aime pas les vacances, mais avec Chen, ça n'aurait pas été pareil ! J'aurais passé mes journées à me promener avec elle. Ah… Chen en maillot de bain, dans le coucher de soleil… Chen sur la plage, en train de m'aider à construire le plus beau château de sable du monde ! Je serais allé lui chercher ses jus d'orange, j'aurais mis des parasols au-dessus de ses glaces pour qu'elles ne fondent pas trop vite, j'aurais sauté dans l'eau pour aller la sauver si jamais elle s'était fait attaquer par des requins !

Dire que j'avais été à deux doigts de vivre tout ça ! C'était vraiment trop dingue, comme hasard !

Et puis soudain, au moment où je me disais ça, une pensée m'a traversé l'esprit : qui parlait de hasard ? Non-non-non, pas du tout, le hasard n'avait rien à voir là-dedans ! ça n'existait pas, le hasard ; c'était Chen, tout simplement !

Chen qui s'était débrouillée pour savoir où je partais en vacances, en le demandant à Christian ; elle encore, qui s'était débrouillée pour savoir quand je partais et qui avait insisté auprès de ses parents pour qu'ils aillent au même endroit que nous !

Tout ça pour passer une partie de

l'été avec moi ! Ah, j'aurais dû m'en douter ! Chen, c'est vraiment la plus adorable, la plus maligne, et la plus têtue de toutes ! Quand elle a une idée en tête, rien ne l'arrête ! En tout cas, une chose est sûre : la prochaine fois, je la laisse se débrouiller seule, je ne m'occupe de rien, je la laisse organiser nos vacances !

On pensera ce qu'on voudra, mais elles sont quand même formidables, les filles de huit ans !

2

Ma cousine Yolande

Quelle semaine ! Un vrai cauchemar !
Tout avait bien commencé, pourtant,
puisque c'était une semaine de vacances !
Les vacances, finalement, je les supporte
assez bien… Quand elles sont trop
courtes pour partir et que tous les
copains restent dans le quartier. Tous les
copains et Chen, aussi, bien sûr…

Bref, tout marchait sur des roulettes lorsqu'un matin, au retour d'une balade en skate avec Christian, qu'est-ce que je vois, devant ma maison !

« Oh noooon ! STOOOOP !

— Aïe ! Ben alors, qu'est-ce qui te prend ? »

J'avais brutalement freiné au milieu du trottoir et Christian m'était rentré dedans. Celui-là, il est toujours pile à l'endroit où il faut pas. J'ai tendu le doigt. J'étais tellement énervé que ma main tremblait :

« Là… ai-je fait. Cette voiture, garée devant chez moi, c'est celle de ma tante Julie. »

Christian a regardé la voiture et ne lui a rien trouvé d'extraordinaire.

« Oui, et alors ? Qu'est-ce qu'elle a, cette voiture ? »

J'étais dans tous mes états ; je craignais le pire. J'ai essayé de garder une voix calme, mais c'était difficile :

« Ma tante Julie n'est certainement pas venue seule ! Yéti doit l'accompagner !

— Yéti ? »

Christian avait ouvert de grands yeux, imaginant que ma tante ne sortait jamais sans son abominable homme des neiges. Je lui ai expliqué, tout en l'entraînant en arrière :

« Oui, sa fille, quoi ! Ma cousine, si tu préfères : Yolande. C'est moi qui l'appelle Yéti. On n'a pas intérêt à ce qu'elle nous tombe dessus ! »

Mais au moment où je disais ça, une épouvantable voix criarde et autoritaire a retenti, transperçant le silence de la rue :

« CÉDRIIIIIC !!! »

Yéti nous avait repérés. J'ai serré les poings et laissé échapper un demi-gros mot. Ma cousine s'approchait de nous d'un pas décidé. Je ne pouvais plus reculer. J'ai essayé de sourire, mais c'était comme si je montrais mes dents à un dentiste. J'ai fait :

« Bonjour, Yolande, je... je te présente Christian, un copain... »

Yolande a à peine tendu la main à Christian sans même le regarder.

Christian n'a pas trop su quoi dire :

« En...enchanté. »

Yéti a jeté un long regard autour d'elle avec un air fatigué, puis avec un soupir, elle m'a demandé :

« Dis-moi, Cédric, qu'est-ce que tu fais pour tuer le temps, dans ce trou perdu ? »

Un peu surpris par la question, j'ai haussé les épaules et j'ai répondu :

« Ben, tu vois, du skate. Et puis du vélo, aussi. »

Elle a levé les yeux au ciel en secouant la tête.

« Mon Dieu que c'est commun !

Nous, nous pratiquons le tennis, l'équitation, et la voile ! C'est d'un plus haut niveau… »

On a échangé un regard avec Christian, un regard qui en disait long. Sans imaginer à quel point elle nous agaçait, Yéti a continué, sur le même ton prétentieux et désagréable :

« Mais bon, c'est vrai qu'il faut beaucoup de sous pour pratiquer ces sports… Ce qui n'est pas le cas de tes parents, Cédric… »

Christian a secoué la tête, l'air dégoûté. Elle est comme ça, Yéti. Elle adore se donner des airs supérieurs. D'un ton faussement innocent, elle m'a fait :

« À propos, ton père vend toujours des carpettes ? »

J'ai bondi. Il n'était pas question que l'on commence à critiquer le travail de mon père. J'ai approché mon visage du sien et j'ai postillonné :

« DES TAPIS !!! DES TAPIS !!! PAS DES CARPETTES !!! »

Yéti a reculé d'un pas et s'est essuyé le visage d'un délicat revers de main. Elle a souri, mais derrière son sourire, il y avait des dents de requin.

« Moi, mon papa, il est dans les affaires. Il voyage beaucoup ; en ce moment, il est à Genève. »

Pour éviter de lui sauter dessus, je me suis tourné vers Christian, tout tremblant de rage, et j'ai crié :

« RHÂÂÂÂÂÂ !!! JE SENS QUE JE VAIS CRAQUER !!! »

Il n'a pas essayé de me calmer ; il m'a dit tout bas :

« C'est vrai, ça ! Qu'est-ce que tu attends pour lui coller une paire de baffes ? »

Yéti ne m'a pas laissé le temps de répondre ; elle a ajouté, sur un ton moqueur :

« Au fait, j'ai entendu dire que tu avais une petite amie. Elle s'appelle comment, déjà ? »

Je la sentais venir. Les dents et les poings crispés, j'ai répondu :

« Chen. »

Sa réaction a été immédiate :

« Ho ho-hi hi… Une Vietnamienne, je suppôôôse !!!

— Pas Vietnamienne, CHINOISE ! »

Que l'on se moque de moi, je peux supporter. Que l'on dise du mal du travail de papa, c'est limite, mais qu'on dise un mot de travers sur Chen, ça c'est interdit ! Un voile noir m'est passé devant les yeux. Je ne supportais plus d'entendre Yéti parler. J'aurais rêvé d'avoir un paquet de chamallows dans mes poches pour lui en remplir la bouche. J'ai pris de l'élan pour lui sauter dessus mais Christian m'a retenu.

« Laisse-moi !! lui ai-je lancé… Mais laisse-moi, j'te dis ! »

Il a insisté :

« Arrête, Cédric ! Ta mère arrive ! »

En effet, maman approchait. Elle nous avait vus « discuter », du jardin, et elle venait vers nous.

« Vous vous amusez bien, les enfants ? » a-t-elle demandé, un brin d'inquiétude dans la voix.

J'ai pris sur moi. J'ai respiré fort et puis j'ai haussé les épaules d'un air détaché en disant :

« Heu, si on veut, oui… »

Un grand sourire a alors éclairé le visage de maman.

« Eh bien tant mieux, parce que j'ai une bonne nouvelle : Yolande va rester chez nous toute la semaine des vacances ! »

Mon cœur s'est brutalement arrêté de battre. J'ai été tellement stupéfait que je suis resté sans réaction. Déjà maman repartait vers le jardin.

Yéti m'a adressé un sourire diabolique. Christian, lui, m'a chuchoté à l'oreille d'un air désolé :

« Eh ben dis, toi alors ! T'as vraiment pas de bol ! »

Cette nouvelle atroce m'a fait le même effet que cent mauvais bulletins de notes. Comme dit pépé, deux chefs de gare sur un seul quai, c'est un de trop ! Alors j'ai décidé de me battre. J'allais faire comprendre à Yéti qu'elle devrait aller siffler les trains ailleurs ! Le soir même, je lui ai proposé un programme qui devait nous permettre d'être débarrassés d'elle au plus vite.

Le lendemain à la première heure, j'ai mis Christian dans la confidence. Tout en m'accompagnant jusqu'aux courts de tennis, il m'a demandé :

« Tu es sûr que ça va marcher ?

— Certain ! Déjà, rien qu'au tennis, je vais lui mettre 6-0 , 6-0 ! Et je te parle même pas du reste ! Elle est si fière qu'elle ne supportera pas de perdre et qu'elle retournera pleurer dans les jupes de sa mère ! »

Christian, qui avait bien voulu nous servir d'arbitre, n'était toujours pas convaincu :

« C'est que… elle a l'air sportif, tout de même ! Et puis c'est elle qui a choisi le tennis comme première épreuve ! »

Je l'ai rassuré d'un clin d'œil.

« T'inquiète pas, tu vas voir ! »

Sur l'un des courts, Yéti était déjà en tenue, et faisait des petits sauts d'échauffement de son côté du filet.

« Coucou ! » nous a-t-elle lancé gentiment. J'aurais dû me méfier. Ce

match a été l'une des pires épreuves de ma vie. À chaque fois que je lançais la balle, elle me revenait cent vingt fois plus vite. Dès que j'étais dans un des coins du court, non seulement la balle me revenait à toute allure, mais toujours à l'autre coin. Au bout de dix minutes, il y avait bien 6-0, 6-0, comme je l'avais prévu, mais c'est Yéti qui avait gagné. J'avais eu tort de la laisser m'entraîner dans une épreuve de tennis.

Pour l'épreuve de course à pied, j'étais plus sûr de moi. J'avais une certaine réputation dans le quartier. Je faisais des démarrages canon, j'avais un sacré souffle et puis j'étais entraîné par Caprice, qui est une vraie championne. On s'est donc retrouvés tous les quatre dans le parc. Caprice, qui avait voulu faire la course avec nous, Christian, qui devait faire le starter, Yéti et moi.

On s'est mis en position et puis Christian a crié :

« À vos marques… prêts… Partez ! »

Au début, j'ai gardé la tête baissée et j'ai foncé, sans regarder autre chose que les pointes de mes baskets. Mais quand j'ai relevé les yeux, j'ai compris que je ne tiendrais pas la distance. Caprice était déjà dix mètres devant, ce qui était normal ; mais Yéti était tout près derrière. Même qu'elle a failli la battre ! Battre Caprice, notre championne !

J'étais écœuré. Si bien que lorsque Christian a proclamé les résultats, je ne l'ai pas supporté. Il a juste eu le temps de dire :

« Première : Caprice ; deuxième ; Yolande ; troisième : Cé… »

Et il a reçu une de mes baskets dans la figure. Je sais qu'il n'y était pour rien ; mais comme il est souvent là quand je suis énervé, c'est souvent lui qui prend.

Bref, ce n'était pas gagné. On l'a encore constaté quelques minutes plus tard, pendant l'épreuve de skate. Pourtant, le skate, j'y allais les doigts dans le nez. Yolande n'avait jamais dû mettre les pieds sur une planche ; ce genre de sport de rue, ce n'était pas du tout son style !

Cette fois, donc, j'étais confiant. Je me suis élancé à fond, et j'ai dévalé tous les trottoirs du parcours, accroupi sur ma planche pour gagner de la vitesse. Je fendais l'air et mes cheveux dansaient dans le vent. Mais quand je me suis retourné une première fois, j'ai vu que Yolande était juste derrière moi, accroupie comme une pro, elle aussi.

C'est alors que j'ai commis l'erreur: pour être sûr de gagner, j'ai pris le dernier virage un peu trop vite. Résultat, j'ai percuté un arbre de plein fouet. Le choc m'a violemment projeté en arrière. Pendant que j'étais encore en

l'air, j'ai entendu une sorte de fusée passer sur le trottoir et franchir, cinq mètres plus loin, la ligne d'arrivée. Christian a eu le temps de dire :

« Ben… Yolande a gagné. »

Et je suis retombé la tête la première dans les poubelles.

Il ne restait plus qu'une épreuve : le foot. J'allais enfin pouvoir sauver mon honneur. Enfin, ça, c'est ce que je pensais. C'est vrai que Yolande n'avait aucune technique ; quand elle a com-

mencé à vouloir me tirer des buts, elle
ratait la balle et se plantait les orteils
dans le gazon. Mais comme toujours
chez elle, la rage de gagner l'a
emporté. Elle m'a aligné trois buts
alors que moi je n'ai réussi à lui en
marquer qu'un.

La tête basse, les épaules voûtées et le pas traînant, je suis rentré à la maison. Pépé, qui était au courant, a tout de suite compris que ça s'était mal passé ; il a abaissé son journal en me voyant arriver et m'a demandé :

« Ne me dis pas qu'elle a aussi marqué des buts au foot ? »

Je me suis arrêté la tête contre un mur, les yeux perdus dans la tapisserie.

« Si, tout a raté. Mon plan pour me débarrasser d'elle était nul. »

J'étais très déprimé. Heureusement, la voix de maman est venue donner un peu de gaieté à cette ambiance sinistre :

« À table !!! »

Pépé s'est levé, a passé son bras autour de mes épaules et m'a dit d'aller me changer avant de dîner. Quand je suis arrivé à la salle à manger, Yéti était déjà assise à sa place, ses couverts en main ; elle avait l'air toute fraîche et pas du tout fatiguée de sa journée. De la voir assise là, comme si elle était chez elle et que c'était moi l'invité, ça m'a donné un coup de fatigue en plus. Je me suis glissé sur ma chaise, avec ma tête des mauvais jours.

« Et voilà ! a claironné maman en apportant un plat fumant ; rôti de veau et purée maison ! »

Papa s'est frotté les mains.

« Mhhh… ça sent bon. Allez, assieds-toi, Marie-Rose, je vais faire le service. »

On a tendu nos assiettes et papa
nous a servis. Yéti et moi, on a eu droit
à deux bonnes grosses parts. On a
commencé à manger en silence. Après
quelques bouchées, Yéti a demandé :

« Vous... vous n'avez pas de cuisi-
nière, Marie-Rose ?

— Heu... non », s'est étonnée
maman.

Yéti a grimacé.

« Ça se voit. »

Il y a eu un blanc. En quelques instants, maman est devenue cramoisie et
ses yeux se sont plissés jusqu'à devenir
de toutes petites fentes. Papa, pépé et

moi, on a baissé la tête et on s'est empressés de dévorer ce qu'il y avait dans nos assiettes, pour bien montrer que nous, on adorait ça. Mais Yéti n'avait pas fini son petit numéro.

« Remarquez, a-t-elle ajouté, et comme dit mon papa, il faut beaucoup d'argent pour entretenir le petit personnel. À propos, oncle Robert, vous vendez toujours des carpettes ? »

Là, mon papa, il a été super. Il s'est levé sans rien dire, et a fait signe à maman de le suivre. Au bout de deux minutes, on s'est regardés, avec pépé, et sans rien dire non plus, on s'est levés pour aller les rejoindre. Yéti est restée toute seule à table.

Ils étaient dans le salon. Papa était au téléphone et maman, encore un peu rouge, écoutait la conversation. Papa disait :

« Allô, Julie ? C'est Robert, oui… Très bien, très bien… Il y a juste que… Nous sommes un peu ennuyés parce que… Yolande n'a pas l'air de se plaire beaucoup chez nous… »

Tout en disant cela, il nous a lancé un clin d'œil, avant de poursuivre :

« …Eh oui, figure-toi que la pauvre chérie s'ennuie… On pense qu'il serait préférable de venir la chercher au plus vite ! Oui, oui, c'est cela ... »

Mais à cet instant, Yéti, qui ne supportait pas de rester seule, a déboulé comme une tornade dans le salon, et s'est dirigée vers moi.

« Cédric, tu veux que je t'apprenne à jouer aux échecs ? Tu vas voir, c'est absolument génial ! »

Et puis elle a marqué un temps d'arrêt, trouvant suspect de nous voir regroupés autour du téléphone. Elle a fait :

« Qu'est-ce qui se passe ? »

Papa est toujours embêté quand il s'agit de mentir ; il n'aime pas trop ça. Il a toussoté un peu avant de répondre et puis il a désigné le combiné qu'il tenait.

« Ben euh… C'est ta mère, au téléphone… »

Yéti le lui a presque arraché des mains.

« Ah bon ? Mais il fallait me le dire tout de suite ! Allô, maman ? Comment ? Si je m'ennuie ? Mais non, pas du tout ! Je t'assure, je me plais énormément chez oncle Robert. Cédric est follement amusant, surtout au tennis ! Et si tu le voyais jouer au foot !… »

J'ai serré les poings et je les ai plongés au fond de mes poches pour éviter d'avoir à m'en servir.

Yéti en avait fini avec sa mère.

« Oui, bien sûr, pas de problème, on se voit à la fin de la semaine… Allez, bisous-bisous ! »

Et elle a raccroché. On est restés plantés comme quatre poireaux. Elle

nous a regardés l'un après l'autre, le regard un peu humide.

« Maman s'inquiétait pour moi. Vous ne trouvez pas que c'est touchant ? »

C'était raté. Yéti était une sorte de parasite : on avait un mal fou à s'en débarrasser. Une fois installée, elle était comme certains coquillages sur leur rocher : indécrochable ! Il ne me restait plus qu'une solution, pour le reste de la semaine, une solution pas très courageuse mais efficace : la fuite.

Le lendemain, avec Christian, on a passé notre temps à essayer de la semer. On marchait tranquillement et puis, à peine tourné le coin d'une rue, on se

mettait à courir comme des malades.
Quatre rues plus loin, quand on s'arrê-
tait, tout essoufflés, on rigolait du bon
tour qu'on venait de lui jouer. Mais dix
secondes plus tard, elle réapparaissait,
toute souriante, et nous faisait :

« Coucou, les garçons ! »

Cette fille, elle devait avoir un sixième
sens, ou alors elle était tombée dans une
marmite de sorcellerie quand elle était
petite. Pendant une bonne partie de la
semaine, elle a été collée à nos baskets ;
on a dû supporter sa conversation mor-
telle et sans fin.

« Déjà, à la crèche, j'étais première de la classe. Si-si ! J'avais les meilleures notes dans toutes les matières : pâte à modeler, découpage, coloriage… Il faut dire que mon Q.I. est exceptionnel ! »

C'est au moment où on commençait à désespérer qu' « IL » est arrivé, avec sa coupe de cheveux à faire peur et son pantalon ridicule.

« Bonjour, tout le monde ! »

Nicolas venait de nous tomber dessus, comme si une catastrophe ne

suffisait pas à notre malheur. Christian a gémi :

« Il ne manquait plus que lui ! »

Toute curieuse, Yéti a demandé :

« Qui c'est, celui-là ? »

Nicolas s'est incliné, a attrapé le bras de Yéti et lui a fait un baisemain.

« Permettez que je me présente : Nicolas d'Aulnay des Charentes du Ventou, pour vous servir, mademoiselle ! Euh… mademoiselle ? »

Très impressionnée, Yéti a répondu : « Yolande Carfavelle ! Je suis une cou-

sine de Cédric ! Vous... vous êtes issu d'une grande lignée, à ce que j'entends...

— En effet, plusieurs de mes ancêtres ont eu l'honneur de servir les Grands de ce pays. De Louis XIV à Napoléon III ! »

Un peu à l'écart, Christian et moi, on les regardait se lancer des grandes phrases et s'envoyer des grands noms.

« ... Et gna gna gna... Et gna gna gna... »

Ils étaient faits pour s'entendre, ces deux-là. Ils continuaient sans se fatiguer. Elle lui a demandé :

« Vous prâââtiquez quels sports ?

— La voile, le ski, le tennis…, a-t-il répondu.

— Le tennis ? s'est-elle exclamée. Ooh, moi aussi ! Voulez-vous que nous disputions quelques sets ? »

Là, Nicolas a un peu hésité.

« Avec vous ? C'est que mon père aime à me voir jouer avec les gens de mon rang… »

Yéti a froncé les sourcils.

« Mais… Mon père n'est pas n'importe qui ! C'est un homme d'affaires très important. »

Nicolas a commencé à prendre son air pincé, celui qui d'habitude me fait enrager au plus haut point.

« Hum !... Sans doute, mais on ne peut pas vraiment comparer. Le mien est diplomate, comme son père avant lui et le père de son père. Servir l'État, vous comprenez, ce n'est pas un métier, c'est un art. Mon père est en mission à Hong-Kong, en ce moment. »

Yolande était un peu surprise ; elle pensait avoir enfin trouvé quelqu'un qui lui ressemblait, mais elle n'allait pas tarder à découvrir la véritable personnalité de Nicolas. Tout en jouant

un peu avec le bandeau qu'elle avait dans les cheveux, elle a quand même tenté sa chance :

« Vous… vous avez une petite amie ? »

Nicolas a rougi, surpris par la question :

« Oh que non ! »

Cette andouille de Yéti n'a pas compris à quel point Nicolas était gêné de parler de ces choses-là. En se tortillant sur place, elle a insisté :

« Ça tombe bien, je suis libre, en ce moment ; ma mère dit toujours que je serais un bon parti. »

Nicolas a fait un pas en arrière. Il se sentait attaqué ; alors il s'est défendu, abandonnant son sourire et le remplaçant par un ton hautain :

« Ah tiens… Un bon parti… Parce que vous avez un titre, peut-être, une particule, quelque chose ? Vicomtesse, comtesse, baronne, princesse ? … »

Là, Yéti a grimacé.

« Euh ben… En fait, euh pas vraiment non… enfin, je ne crois pas… »

Nicolas l'a achevée.

« Alors, je suis désolé, a-t-il fait, mais mon père n'acceptera jamais. Vous ne le saviez peut-être pas, mais les nobles doivent d'abord se marier entre eux… Cela dit, ça ne nous empêche pas de rester bons amis, si vous le souhaitez… »

Yéti a changé de couleurs plusieurs fois en quelques secondes. Après être devenue blanche, puis verdâtre, elle est devenue toute rouge, un peu comme maman, la veille au soir. Et elle a explosé :

« IL N'EN EST PAS QUESTION ! »

Nous, ça commençait à bien nous faire rire. Nicolas a fait une petite courbette devant elle.

« Vous m'en voyez extrêmement navré. »

Yéti a semblé manquer d'air. Elle a suffoqué avant de réussir à articuler le premier mot qui lui est tombé sous la langue :

« GOUJAT ! »

Christian et moi, on n'en pouvait
plus. On a fini par exploser de rire.

Alors Yéti est repartie vers la
maison, la tête dans les mains, en
pleurant.

« BOUHOUHOUHOUHOUHOU !
Je veux rentrer chez moi, je veux
revoir ma maman... »

Voilà comment, grâce à Nicolas, on s'est débarrassés de Yolande. Le soir même, elle a appelé sa mère au secours. Elle a exigé qu'on vienne la chercher sur-le-champ. Personne, chez nous, n'a beaucoup insisté pour qu'elle reste. Lorsqu'elle est montée dans la voiture de sa mère, on était tous sur le pas de la porte pour agiter la main.

« Au revoir, Yolande ! À bientôt !

— Bye bye ! Salut, Yolande !

— Ciao, Yéti ! À la prochaine ! »

La voiture a démarré en faisant crisser ses pneus. Yolande, la tête tournée de l'autre côté, n'a pas répondu à nos adieux. Un peu plus tard, lorsqu'on a retrouvé Nicolas, Christian et moi, on est allés lui serrer la main. J'ai même failli l'embrasser.

Je lui ai dit :

« Nicolas, sur ce coup-là, tu as été grandiose ! »

Lui, toujours très classe, a eu l'air moyennement surpris.

« Grandiose, oui, comme d'habitude. Mais je ne comprends pas ce que j'ai fait de particulier, cette fois-ci. »

Christian a résumé la situation :

« Tu as juste sauvé une famille tout entière d'une calamité sur pattes appelée Yéti. »

Je lui ai alors proposé quelque chose d'inimaginable :

« Nicolas, tu veux faire du skate avec nous ? »

Il a commencé par hésiter un peu :
« Ben… Je… je ne sais pas si mon père…

— Eh, oh, ça suffit, maintenant ! Ton père, il est à Hong-Kong ! Alors discute pas, tu veux ! »

Comme quoi, il suffit d'une seule Yolande pour que les plus grands ennemis du monde fassent la paix, le temps d'un concours de skate !

Franchement, la vie est pleine de surprises, quand on a huit ans !

FAIS TOI-MÊME TA BD !

Avec les *Fais ta BD*
n° 1 et 2, imagine toi-même
les aventures de Cédric :
à toi de jouer !
En plus, les stickers
sont repositionnables :
tu vas pouvoir créer
1 000 nouvelles BD
selon ton imagination !

LES CARNETS DE CÉDRIC

Si tu veux connaître tous les secrets de Cédric,
rendez-vous dans les carnets ! Des tests, des conseils, des jeux,
pour tout connaître sur Cédric et ses amis.

ERS DE CÉDRIC !

ENVIE D'AMUSER TES AMIS ?

Retrouve tous tes héros favoris,
Cédric, Chen, Christian, Pépé
dans un recueil de blagues,
de devinettes et de charades :
fou rire garanti à la récré !

LES LIVRES JEUX

C'est 32 pages de jeux
à faire tout seul
ou avec tes amis,
pour t'amuser
toute la journée avec Cédric !

Pour en savoir plus : www.hachettejeunesse.com